雪女とヒミツのやくそく

作◆西村さとみ
絵◆ao

目次

1　ふしぎな女の子

「雪女なんて、いるわけないよ」

ぼくは、皮《かわ》をむいて白くツルツルになったタマネギを、おかあさんにわたしながらいった。

冬休みもおわりにちかくなった、ある日のことだ。

タマネギむきのおてつだいは、一個《こ》むいたら十円だ。ぼくの家は「ブナの木」というペンションなので、夕食につかうタマネギの数はハンパじゃない。

「雪女はいるよ。だって、わたし見たもん」

妹の千香《ちか》が口をとがらす。

なまいきな幼稚園児《ようちえんじ》め。

千香は、いつだって一人でしゃべりながら、お絵かきばっかりしている。空《くう》想《そう》と現実《げんじつ》のくべつさえもつかないようなヤツなんだ。

「いつ見たんだよ。どこで見たんだ。千香のウソつき」

「ウソつきじゃないよーだ。ほんとのほんとに見たんだもん。白い着物《きもの》きてたよ。そんでもって、口から白くてつめたい息《いき》をフーッってふきかけるの」

ぼくは窓《まど》の外に目をやった。きょうは、朝から雪がふりつづいている。雪をかぶった木が、雪女が立っているみたいに見えて、一瞬《いっしゅん》だけこわくなる。

「千香ちゃん。雪女は、この間、おかあさんがねる前に読んであげた、お話の中のことでしょ」

おかあさんは、ぼくがむいたタマネギをほうちょうでザクザク切っていく。切りおわったら、それをまな板《いた》からはらいのける。それがボウルの中に、山のようにつみあがっていった。

「ほら、やっぱり、ウソついてた。本で読んだだけなのに、ほんとうに見たなんて」

ぼくがいうと、千香はおこって横《よこ》をむく。おかあさんが、かばうようにいった。

「でも、このあたりには、昔《むかし》、雪女がすんでいたっていう話があるのよ。ほら、春の遠足でよく行く不威峠《ふいとうげ》ってあるでしょ。そこらあたりが、雪女のすみかだったたっていわれてるの。いまでもお年よりの人たちの中には、その雪女伝説《ゆきおんなでんせつ》をしんじている人たちもいるのよ」

ぼくは、春に遠足で行った不威峠を思いうかべてみた。そこは、ペンションン村を通りすぎて、だんだん畑《ばたけ》の道をあがり、さらにずっと峠道《とうげみち》をのぼっていったところにある。

展望台《てんぼうだい》には、木のベンチとテーブルがいくつかおかれていた。ぼくたちは、そこで弁当《べんとう》を食べた。そこからは、山小屋《やまごや》ふうのペンションの、ぼくの家も見えた。さらに小里《こざと》のペンション村や小里高原《こざとこうげん》、そのむこうの町や国道までよく見わたせた。

冬休みがおわり、つぎの水曜日は親子スキー教室の日だった。いつもだったら、おとうさんがいっしょに行ってくれるんだけど、きょうは用事《ようじ》があるとかで、おかあさんが来ることになった。ペンションは、ちかくに住《す》むおばあちゃんが、るすばんに来てくれる。

おかあさんもスキーはするけど、おとうさんほどうまくないから、ちょっとつまらない。おかあさんだと、ジュニアスキークラブにも入っている四年生のぼくには、ついてこられないからだ。

思ったとおり、スキー場につくと、おかあさんはほかのおかあさんたちと、ゲレンデにあるレストハウスに入ってしまった。コーチにぼくをまかせて、おかあさんどうしでおしゃべりするつもりなんだ。

「コーチに、上のコースをすべりたいっていおうよ」

ぼくは、おなじ班《はん》の昌也《まさや》くんに声をかけた。

「わかった。おとうさんに聞いてみる」

昌也くんのおとうさんが、ぼくたちの班のコーチだ。

「だいじょうぶか。上に行くのはいいけど、みんな、ちゃんとすべっておりられるのかな」

ぼくたち三班の四人は、力強くうなずいた。リフトをのりついで、さらに上にある頂上《ちょうじょう》リフトは、小里高原《こざとこうげん》の一番高いところが終点《しゅうてん》だ。そこには、上級者《じょうきゅうしゃ》用《よう》のモーグルコースや、林のそばのアルペンコースもあった。ぼくたちの班はみんな地元のジュニアスキークラブに入っているので、不安《ふあん》はない。

ペアリフトに、二人ずつわかれてのった。そのとちゅう、空が暗《くら》くなって雪がふりはじめた。天気がかわるのは、よくあることだった。風さえ強くなければ、リフトがとまることはない。

ぼくたちは、頂上におりたった。

コーチが少し心配《しんぱい》そうな声でいった。

「なんか、きゅうに天気が悪《わる》くなってきたな。みんな、できるだけはなれないように。一気に下までおりないで、とちゅうのパノラマゲレンデで待《ま》ちあわせしよう。おじさんは、最後《さいご》におりるからね」

昌也くんの背中《せなか》を追《お》って、ストックでいきおいをつけ、ぼくはアルペンコースへとすべりだす。

風も出てきて、まいあがる雪で、昌也くんのすがたはすぐに見えなくなってしまった。

不安《ふあん》になって、一度《いちど》とまってあたりを見まわした。ちかくに、人がいる気配《けはい》がなかった。

とにかく、パノラマゲレンデまでおりてしまおう。

吹雪《ふぶき》がはげしくなる中で、いきなりだれかにぶつかったりしないように、スピードをおとしてすべった。

自分ではおりているつもりだったけど、まわりが見えないので、よくわからなくなってきた。方向《ほうこう》を見うしなったんだろうか。でも、みんなとは、それほどはなれてはいないはずだ。

「昌也《まさや》くん、ヒデちゃん、翔《しょう》くん、おじさーん！」

ぼくは、心細くなってよんでみた。返事《へんじ》はない。まわりは真《ま》っ白《しろ》で、まるで世界《せかい》に、たった一人っきりでとりのこされてしまったかのようだ。

おちつかなきゃ。ここは何度《なんど》も来ているところだ。

しばらくじっとして、雪と風がやむのを待《ま》つことにした。

真っ白な中にいると、場所《ばしょ》の感覚《かんかく》ばかりか、時間の感覚までなくなりそうだった。時計を持《も》っていないので、いったい、どれくらい時間がたったのかわからない。

じっとしていると、体がこおりつきそうなほど寒《さむ》い。雪まじりの風が顔にあたって、痛《いた》かった。

雪女のはく息《いき》って、もしかして、こんな感《かん》じなのかな。

ぼくは、この前、千香《ちか》がいっていた雪女のことを思いだした。

吹雪が弱まりはじめた。自分のいる場所をたしかめてみようと、ゴーグルごしに目をこらした。

すぐそばに大きな木がある。ぼくは木々の間に立っていた。スピードを出してすべっていたら、木にぶつかっているところだった。

そのとき、とつぜん目の前に女の子があらわれた。

「まよったの？」

千香《ちか》よりちょっとだけ年が上らしい女の子が一人、立っていた。白い毛糸の帽子《ぼうし》に、白のスキーウェア。スキーも白だ。地元では見かけない顔だった。

「びっくりしたー！」

思わずぼくは声をあげた。

「どうして？」

「いま、雪女のこと思いだしていて、いきなりあらわれたから、おどろいたんだ。白い服《ふく》きてるし」

「雪女かと思った？」

「一瞬《いっしゅん》、思いかけた。でも、雪女はスキーとかしないでしょ」

たぶん、よそから来たスキー客《きゃく》だ。それにしても、上級者《じょうきゅうしゃ》コースに一人でい

るなんて。

「そうだよ。雪女のわけないよね」

女の子はおもしろそうにわらったあと、しんけんな顔でいった。

「だけど、これ以上《いじょう》、こっちのほうにすべっておりないほうがいいよ」

そのとき、だれかがぼくの名前をよぶのが聞こえた。

「じゃあ、またね」

女の子は、バイバイと手をふった。そのあと、もう一度《いちど》ふりかえった。

「ここでわたしに会ったことは、だれにもいわないでね。ヒミツだよ」

その子は、ぼくには行かないほうがいいといったほうへ、スキーですべっておりていった。その白い服《ふく》は、雪の中にとけてしまったかのように、すぐに見えなくなった。

吹雪《ふぶき》は、もう、すっかりやんでいた。

すぐうしろで声がした。

「圭太《けいた》くん、いまの子は知ってる子？　なに話してたんだ？」

ふりかえると、昌也《まさや》くんのおとうさんが立っていた。

いつから見てたんだろう。

「なにも。知らない子です」

あの子の、ヒミツだよ、ということばが耳にのこっていたので、思わずウソをついてしまった。

おじさんは、ぼくの返事《へんじ》なんか聞いていなかったような顔で、あの子のすがたが消《き》えたほうを見ている。

考えこむような顔で、おじさんはいった。

「この林のむこうは谷につづいている。『ダンゴころがし』というところで、ダンゴがころがるほど急斜面《きゅうしゃめん》なんだ。しかもそのさきは滝《たき》つぼに通じている、とても危険《きけん》な場所《ばしょ》だ。いまは雪にかくれて見えないけど、一度《いちど》おちたら、二度とあがれないんだよ」

おじさんは、さっきふった雪がはりついて、ほとんど見えなくなっていた「危険！」の立てふだを指《ゆび》さした。雪にうもれかけているけれど、黄色いロープもところどころ見えている。

「おじさん、あの子、ここをすべっておりたんだ！　スキー場の管理《かんり》センターの人に知らせたほうがいいんじゃない？」

ぼくはあわてた。

「いや、圭太《けいた》くん、あれは雪ん子だ。さっきから見ていて、どうもなにかおかしいと思っていたんだ」

「なにがですか？」

「だって、ほら、あの子がいたところに、ぜんぜんスキーのあとがないだろ。

それにすべっていったはずのところにも、あとがまったくついてない。あれは、人じゃない」

いわれてみれば、たしかにそうだ。そこは動物《どうぶつ》の足あとすらついていない、まっさらな雪だった。

「あれは……そうだ。雪女の子、雪ん子だ」

おじさんは、自分のことばに自分でうなずいている。

「雪女って、口から氷《こおり》のようなつめたい息《いき》をふきかける、こわい妖怪《ようかい》なんでしょ？」

「うん。雪ん子がいるということは、きっと雪女もいるはずだ」

女の子が見えなくなったほうに、おじさんは、まだ目をむけていた。

「やっぱり、雪女の伝説《でんせつ》はほんとうだったんだ」

おじさんは、ひとりごとみたいにつぶやいた。

おなじ班《はん》の子たちが、スキーで歩いてやってきた。

「どうしたの、圭太《けいた》くん。なかなか来ないから。ケガでもして、動《うご》けなくなったかと思ったよ」

ヒデちゃんが心配《しんぱい》そうな顔で聞いた。

「さっきの吹雪《ふぶき》でよく見えなくなって。コースからはずれて、ヘンなところに来ちゃったんだ」

あの子が教えてくれなかったら、谷のほうへおりてしまい、遭難《そうなん》してたかもしれない。

いまさらながら、ぼくはこわくなってきた。

「おとうさん、どうしたの。谷のほうになにかいるの？　ずっと見てるけど」

昌也《まさや》くんが聞くと、おじさんはわれにかえったようにみんなを見た。

「いや、なんでもない。さあ、みんな、吹雪もやんだし、コースにもどろう。

一気に下までおりるぞ」

おじさんは、なぜ雪ん子の話をみんなにしないいんだろう。あれほどはっきりぼくにいったのに。

その日、おじさんはそのことには、もうひとこともふれなかった。

ほんとうにあの子は、おじさんがいうように雪ん子だったのだろうか。

2　つぐみ先生

スキー教室がおわって、つぎの日曜日のことだ。

ぼくは千香《ちか》とペンションのまわりの雪かきをしていた。といっても、ちゃんとやっているのはぼくだけで、千香は、プラスチックの子ども用のスコップであそんでいるだけだ。

道のむこうから、若《わか》い女の人が歩いてきた。色が白くて長い黒髪《くろかみ》の、きれいな人だった。

「こんにちは」

その女の人は、ぼくたちに声をかけてきた。

「こんにちは」

ぼくたちもあいさつをかえした。うちのペンションに泊《と》まりにきたのかな、とぼくは思った。でも、それにしては荷物《にもつ》がない。

「散歩《さんぽ》しているのよ。とてもいい村ね」

ぼくの疑問《ぎもん》にこたえるように、その人はいった。ほほえんだ顔が、だれかに似《に》ているような気がした。だけど思いだせない。

千香が、おとなみたいな口ぶりでいう。

「うん。いい村でしょ。でも冬は雪が多くて、たいへんなのよ」

「ほんとね。すごくたいへんそう。てつだってあげようか」

「おねえちゃん、てつだってくれるの？」

千香はうれしそうにいうと、おとな用のスコップを持《も》ってきた。

人なつっこいヤツだ、千香は。

その人のちかくで、小さな雪だるまをつくってあそびはじめた。

雪かきっていうのは、ほんとに重労働《じゅうろうどう》だ。すごく汗《あせ》をかく。すぐにぼくは、ジャケットをぬいでトレーナー一枚《まい》になった。

その女の人は、雪かきがめずらしいのか、とても楽しそうにやっている。

しばらくして、その人はいった。

「わたし、このちかくに住《す》むことになったの。よろしくね」

あたらしくペンションでも、はじめるのだろうか。

「きみは、この地区《ちく》の小学生？」

「うん。四年生だよ」

「じゃあ、また会えるね」

どういう意味《いみ》だろう。

そういうと、その人は、ぼくにスコップをかえした。手が少しだけふれたとき、そのつめたさにヒヤリとした。

その人がいった意味がわかったのは、つぎの日、学校に行ったときだった。

「横山《よこやま》先生のかわりに来ました。川原《かわはら》つぐみといいます」

きのうの女の人は、先生だったんだ。

そういえば、校長先生が、あたらしい先生が来るっていってたっけ。

きょう一番のビッグニュースだ。

なぜ、こんな学期《がっき》のとちゅうで来たかといえば、担任《たんにん》の横山先生に、もうすぐ赤ちゃんがうまれるからだった。

川原つぐみ先生は、若《わか》くて、しかも美人《びじん》だ。だから、ぼくは、すごくラッキーだと思った。でも、そう思っているのは、ぼくだけではないらしい。

「センセーは、ドクシンですか？」

個人的《こじんてき》なことを、翔《しょう》くんがずけずけ聞いた。

「ええ、そうよ」

「恋人《こいびと》はいますか？」

昌也《まさや》くんまで調子《ちょうし》にのって聞く。

「さあ、どうかしら」

先生は、はぐらかすようにわらった。その顔を見ると、ぼくは先生の手がとてもつめたかったことを、なぜか思いだした。

先生は、すぐに全員《ぜんいん》の名前をおぼえた。といっても、学年はひとクラスだけで、ぜんぶで十五人しかいないんだけど。

つぐみ先生は、すぐにぼくたちとなかよくなった。ふつう、先生のことは、名字でよぶのに、女子から広まり、すぐに「つぐみ先生」というよび方になった。おかあさんみたいな横山《よこやま》先生にくらべると、おねえさんみたいだった。

ぼくは、学校に行くのが楽しみになった。

先生が来て、何日かたったある日のことだ。

その日、体育《たいいく》の時間は、校庭《こうてい》でスキーをはいて歩く練習《れんしゅう》をした。冬の間、子どもたちはみんな、学校にスキーをおいている。

ジュニアスキークラブに入っているぼくたちにとって、スキーをはいて雪の上を歩くなんて、とてもかんたんなことだ。だけど、ふだんはゲレンデで、リフトにのってすべることが多くて、あまり歩くことはない。たいらなところをスキーで歩くというのは、けっこうきつい。

「さあ。じゃあ、スキーの練習はこれくらいにして、雪投《ゆきな》げあそびをしない？」

つぐみ先生がいった。

みんな大よろこびで、スキーをかたづけた。

校庭に、雪合戦《ゆきがっせん》の練習用のコートがあった。かくれるための、シェルターとよばれる雪のかべも、ところどころにつくられている。

「スポーツ雪合戦《ゆきがっせん》」には、いろんなルールがある。勝敗《しょうはい》のきめ方には、敵陣《てきじん》のフラッグを取《と》りにいくというやり方もあるけど、ぼくたちがあそぶときは、かんたんなルールでやっていた。二チームにわかれて、それぞれ雪玉を投《な》げあい、当てられた人は出ていく。コートに多くのこったほうが勝《か》ちだ。

一、二班《はん》と三、四班で二つのチームをつくった。つぐみ先生は、人数がおなじになるように、一人たりないチームに入った。ぼくは、先生と対戦《たいせん》するチームだ。

スタートの合図とともに、両《りょう》チームは雪玉を投げはじめた。最初《さいしょ》は、つぐみ先生にむかって投げるのを少しためらっていたぼくたちも、すぐに本気になってきた。先生がすごく運動神経《うんどうしんけい》がいいってことが、わかったからだ。

当てられてアウトになった人はぬけていくので、両チームとも人数が少なくなってきた。

先生のチームにのこっているのは、すばしこい子たちばかりなので、なかなか当たらない。

もうすぐ授業《じゅぎょう》がおわる。チャイムがなればタイムアウトで、のこりの人数が一人少ないぼくたちのチームが負《ま》けてしまう。

ぼくのチームには、ヒデちゃんがいる。少年野球《しょうねんやきゅう》のピッチャーだ。たよりになるのは、ヒデちゃんだけだ。いま、ぼくたちのチームは二人で、むこうはつぐみ先生を入れて三人だ。せめて引き分けにもちこみたい。

つぐみ先生が玉を投《な》げようとして、雪のかべから立ちあがった。ヒデちゃんが、その瞬間《しゅんかん》をとらえて、さきに雪玉を投げた。

そのときだった。ヒデちゃんの玉は、たしかにつぐみ先生をとらえていたはずだ。なのに、それは、つぐみ先生の胸《むね》のあたりまでくると、とつぜんまがったのだ。まるで先生をさけるみたいに。

「すっげえ変化球《へんかきゅう》！」

だれかがいった。

だけど、ぼくはヒデちゃんが、「変化球なんか投げてないよ。なのに、なんでまがったんだ？」と、つぶやくのを聞いた。

けっきょく、ぼくたちのチームが負けた。でも、そんなことより、ヒデちゃんのふしぎそうな声がぼくの頭の中にのこっていた。

帰り道のことだ。その日は、代表委員会《だいひょういいんかい》でおそくなってしまった。いつも、とちゅうまでいっしょの昌也《まさや》くんはさきに帰ったので、きょうは一人だった。

学校があるあたりは、ちかくにバスターミナルがあるので、喫茶店《きっさてん》とか、観光客向《かんこうきゃくむ》けにおみやげを売る店なんかもあつまっている。けっこうにぎやかなところだ。

小里《こざと》のペンション村にむかう道に入ると、だんだん家がまばらになり、さびしい感《かん》じがする。そこまで来ると、いつも、自然《しぜん》にいそぎ足になってしまう。

雪がふりはじめたせいか、まだ四時すぎなのに、夕方みたいに暗《くら》い。

やっとペンション村の入り口あたりに来た。そのさきにはスキー場のリフトのりばもあった。

前を歩いている人がいた。

一本道なのに、なぜ気づかなかったんだろう。

町のほうから来る人たちは、たいてい車だ。この道を歩いているのは、子どもか、車を運転《うんてん》しないお年よりの人か、スキー客《きゃく》だ。

その人は、スキーウェアのジャケットをきて、黒い毛糸の帽子《ぼうし》をかぶっている。このちかくに泊《と》まっているお客さんかもしれない。濃《こ》い色のジャケットのうしろすがたは、男の人か女の人かわからない。

ぼくは、しばらくその人のあとを歩いていった。ときおり、スキーやスノーボードを屋根《やね》にのせた車が、ぼくを追《お》いこしていく。

ぼくの前を歩いている人は、村に入って二つめの建物《たてもの》のちかくで足をとめた。そこは、昌也《まさや》くんちのペンション「スノーラビット」だった。

その人はスノーラビットの手前の、林の中に入り、昌也くんちを木の間から見ているようだった。なんだかあやしげで気になったので、ぼくもそばにあった木のかげにかくれた。

スノーボードを持《も》った二人づれが、しゃべりながら歩いている。そういえば、そろそろリフトがおわる時間だ。昌也くんちのお客さんかもしれない。

やはり二人づれは、スノーラビットにむかっている。このままだと、あやしい人のそばを通ることになる。そう思いながら、ぼくは二人づれから、そのあやしい人へと目をうつした。

えっ、どこへ行ったんだ？

その人のすがたは、いつの間にか消《き》えていた。

ぼくは、ふる雪に目をくらまされたかと思って、もう一度《いちど》目をこらした。でも、やっぱりいなかった。たしかにいままで、そこにいたはずなのに。

ぼくはスキー教室の日に会った女の子のことを、そのとき、なぜだか思いだした。もちろん、いまの人とはぜんぜんちがうけれど。

ぼくのまわりで、なにかふしぎなことがつぎつぎに起《お》きている、そんな気がした。

3 雪女伝説《ゆきおんなでんせつ》

その日の、晩《ばん》ごはんのときのことだった。

平日《へいじつ》は、週末《しゅうまつ》にくらべるとお客《きゃく》さんが少ない。いない日もある。だから、ひさしぶりに家族《かぞく》いっしょにごはんを食べた。お客さんが多い日は、おとうさんとおかあさんはいそがしいので、ぼくは千香《ちか》と二人だけで、さきに食べることになっている。

ぼくたちの食べるところは、お客さん用の食堂《しょくどう》とはべつにある。キッチンのおくにある茶の間だ。

きょうの帰り道、昌也《まさや》くんのペンションのそばで見た、消《き》えた人のことを、ぼくは考えていた。

そんなことを思っていたので、大好《だいす》きなハンバーグを食べているときも、うわの空だった。

「……雪女を見たなんて、いいだすんだ」

とつぜん、おとうさんのことばがぼくを現実《げんじつ》にひきもどした。

「えっ、なに？　おとうさん、雪女がどうしたって？　だれが見たの？」

「永島《ながしま》さんだよ。きのう、ペンション組合のあつまりがあってな、そんなことをいいだしたんだ」

永島さんというのは、昌也《まさや》くんのおとうさんだ。スキー教室の日、あの女の子のことを雪ん子だといい、雪女はいるといっていたことを、ぼくは思いだした。

おとうさんはつづけた。

「二日前の夜、ペンションのまわりの雪かきをしていたら、白い着物《きもの》をきた女が、うらの畑《はたけ》のあたりに立っていたっていうんだ。で、永島さんのほうをじっと見ていたんだそうだ。最初《さいしょ》は、金しばりにあったように、こわくて動《うご》けなかったらしい。しばらくして山へむかっていったので、あわててあとを追《お》いかけたそうだ。そうしたら、むこうは、走っているわけでもないのに、すごいスピードで、あっという間に遠ざかっていったらしい。不威峠《ふいとうげ》のほうだったそうだ」

不威峠には、リフトのりばのちかくから展望台《てんぼうだい》まで行ける車道がある。そのほかに、ふもとに田畑《たはた》を持っている人たちが使《つか》っている農道もあった。そこは車がぎりぎり通れる舗装《ほそう》されていない道で、そのさきは歩いてしか行けない峠《とうげ》道《みち》につながっている。

千香《ちか》は、目を大きく見ひらいて、おとうさんの話に聞き入っている。

いま、千香の頭の中を、お話の本に出てきたような、白い着物をきた雪女がつめたい息《いき》をはきながら、とびまわっているにちがいない。

「ほら、千香《ちか》ちゃん。ほんとうに雪女はいるかもしれないわよ」

おかあさんは、おとうさんが話したことをぜんぜんしんじていないみたいに、千香をからかった。

ぼくだって、スキー教室でのことがなかったら、おかあさんとおなじように、そんな話、バカバカしいと思っただろう。

「永島《ながしま》のおじさん、スキー教室でのこととか、なんかいってなかった？」

ぼくはおとうさんに、それとなく聞いてみた。

「スキー教室でのこと？　いや。なんかあったのか？」

「ううん、べつになんでもない」

ぼくはあわててうちけした。

でも、白い着物《きもの》をきた雪女だって？

どうして、よりにもよっておじさんが、そんなものを見たのだろう。なんだかつくり話めいている気もした。

ぼくは、それを見たのがぼくではなく、おじさんだったことに、やきもちに似《に》た気持《きも》ちを感《かん》じているのかもしれない。もしそれを見るとしたら、ぼくのほうがぜったいにふさわしい気がした。ぼくがさきに、雪ん子かもしれない女の子を見たんだから。

おとうさんは、また会合のことに話をもどした。

「で、永島さんは、スノーフェスティバルで、不威峠《ふいとうげ》の雪女をテーマにしたイベントをやるのはどうかって、いいだしたんだ」

「雪女のイベントって、なにそれ？」

おかあさんがまゆをひそめた。

「この小里《こざと》を、雪女伝説《ゆきおんなでんせつ》の里として売りだしたいっていうんだよ。雪女のアニメキャラクターをイラストの得意《とくい》な人にたのんだり、雪女をイメージしたホワイトチョコとかストラップなんかも、とりあえず今年《ことし》のフェスティバルに間にあいそうなものをつくって、売りたいということだ」

「なあに、それ。雪女伝説《ゆきおんなでんせつ》を利用《りよう》して、もうけようってことじゃないの」

「手づくりソリ大会のほかに、いままでやってた『雪の達人《たつじん》コンテスト』っていうのがあるだろ？　それにくわえて、雪女のコスプレをするコンテストもやろう、っていってた。男女とか年齢《ねんれい》は、達人コンテストとおなじく問わないってことで」

「雪の達人コンテスト」というのは、毎年二月のおわりにおこなわれるスノーフェスティバルの人気イベントだ。

スノーボードやスキーなどのウィンタースポーツをやっている人の中から、いろんな意味《いみ》でイケてる人をきめるのだ。自己《じこ》ＰＲ《ピーアール》や実技《じつぎ》でえらばれる。

優勝者《ゆうしょうしゃ》は、そのつぎのシーズン、小里高原《こざとこうげん》の大使《たいし》としてPRにつとめてもらう。そのかわりに、リフト券《けん》やレストランのフリーパスがもらえる。

「雪女のコスプレ！　千香《ちか》も出たい！」

おかあさんは、こうふんする千香をなだめた。

「ほかの人たちは、賛成《さんせい》しているの？」

「それで小里にお客《きゃく》さんがふえるなら、協力《きょうりょく》してもいいって感《かん》じだった。なんていうのかな、まあ、話題《わだい》づくりってことだよ」

「でも、今年のフェスティバルのプログラムは、もうきまっているんでしょ」

「うん。だから、今年は知りあいにたのんで出てもらって、来年からの『雪女仮装《かそう》コンテスト』の予告版《よこくばん》ってことかな。ストラップにする雪女人形は、なごみ会でつくってもらう。また、あした、あつまってその話のつづきをすることになってる。きょうだけじゃあ、話がまとまらなかったんだ」

なごみ会というのは、この地区《ちく》の、おばあちゃん世代《せだい》の人たちの会のことだ。

なんとなく、ぼくはイヤな気持《きも》ちがした。

「わたし、雪女のストラップほしいなあ。幼稚園《ようちえん》バッグにつけたい」

「千香《ちか》、バカかおまえは」

思いがけず、強いことばが出てしまった。

千香はおこって、茶の間のおくにある子ども部屋《べや》に入ってしまった。おかあさんがぼくをにらむ。

ぼくは、千香のことなんかすぐにわすれて、テレビのアニメを見ていた。

おかあさんとおとうさんは、ぼくがテレビに集中《しゅうちゅう》していて聞いてないと思って、話をつづけている。

「永島《ながしま》さんとこも、借金《しゃっきん》で苦《くる》しいって聞いたわ」

「ああ。なにしろ、永島さんのペンションは、何年か前に、リフォームして客《きゃく》室《しつ》もふやしたばかりだからな。でも、このところお客《きゃく》さんが少ないから、借金もなかなかかえせないだろう。うちは、小さいながらも、なんとか堅実《けんじつ》にやってるけど。永島さんが、話題《わだい》をつくって、少しでもお客さんに来てもらおうとする気持ちは、わかるよ」

おかあさんは「そうね」とあいづちをうって、ため息《いき》をついた。

「それだけじゃなくて、不威峠《ふいとうげ》の展望台《てんぼうだい》に、お茶を飲《の》める場所《ばしょ》をつくって、ふもとの畑《はたけ》でそだてている野菜《やさい》なんかも、売ったらいいというんだ」

「冬は、どうするの。どうやって、あの雪深《ゆきぶか》いところまで行くのよ」

「冬の間は休みだ。それ以外《いがい》の時期《じき》、公営《こうえい》の施設《しせつ》にして、みんなで運営《うんえい》していくようはたらきかけたらどうかっていうんだ。いずれにしても、それはもっとずっとさきの計画だけどね」

「あんなところまで観光地《かんこうち》にするなんて、自然破壊《しぜんはかい》もいいとこだわ。開発《かいはつ》は小《こ》里高原《ざとこうげん》のスキー場だけで、じゅうぶんだと思うけど」

「理想《りそう》はそうだよ。でも、小里《こざと》が観光地《かんこうち》として、これからも生きのこれるんなら、ぼくは永島《ながしま》さんに賛成《さんせい》するよ、全面的《ぜんめんてき》にではないけどね。自然《しぜん》がだいじか、自分たちの生活がだいじかといわれたら、正直、なやむよ」


それから何日かたったある日、おかあさんにとどけものをたのまれて、おばあちゃんちに行った。

コタツで、おばあちゃんが出してくれたお菓子《かし》を食べているときに、ぼくはふと思った。雪女の伝説《でんせつ》を、おばあちゃんなら、なにか知っているかもしれない。

不威峠《ふいとうげ》のちかくで雪女を見たという人の話は、おばあちゃんも小さいころからよく聞いていたそうだ。

「おばあちゃんはしんじる？　雪女」

「しんじとるよ。そうだ。うちにそのしょうこがあるから、見せてあげよう」

そういうと、おばあちゃんは仏壇《ぶつだん》の小さな引きだしから、古い布《ぬの》につつまれたものを取《と》りだした。

「なに、これ」

「雪女の髪《かみ》かざりだ。おじいちゃんが死んだときに、山の小屋《こや》にあったものをかたづけたら、これが出てきたんだよ」

おじいちゃんは、ぼくがうまれる前に亡《な》くなっていた。

山の小屋というのは、うちの田んぼのそばの作業小屋《さぎょうごや》のことだ。不威峠のふもとにあって、農機具《のうきぐ》なんかをしまう場所《ばしょ》として使《つか》われている。

ぼくは、おそるおそる髪かざりを見た。それはクシだった。色はツヤのある木の色で、赤い木《き》の実《み》のもようがついている。そのもようは、描《えが》かれたばかりのようにきれいだった。

「どうして、これが雪女のものってわかったの？」

「だって、日誌《にっし》に書かれていたんだもの。雪女にもらったって」

「え、ほんと⁉　いつ？　どこで？」

こんなちかくに、雪女のことを知っている人がいたなんて。もっと早く聞けばよかった。

「雪女に会ったことや、この髪《かみ》かざりのクシのことを、おじいちゃんはいわなかった。山の小屋《こや》にしまわれていた作業日誌《さぎょうにっし》をぐうぜん見て、知ったんだよ。おじいちゃんはきちょうめんで、若《わか》いころからずっと日誌をつけていたからね」

「それって、いまもあるの？」

「いや。読んだあと、もやしてしまったの。そのときは、それを見るだけでツラかったもの。おじいちゃんのことを思いださせるからね。でも、このクシだけは取《と》っておいたんだよ」

「そこに、雪女のことが書かれていたんだね」

「そう。おじいちゃんが若いころ、ある冬の日にたまたま用があって小屋に行ったんだよ。このあたりが、まだペンション村になる前のことだ。イノシシのワナに女の人の足がはさまって、身動《みうご》きがとれなくなっているのを見つけた。地元では見たことのない、若い女の人だったそうだよ。

おじいちゃんは、それをはずしてやった。傷《きず》が深《ふか》いようだったので、家に来て休むようにいったそうだ。でも、おどろいたことに、ワナをはずしたとたんに、傷はみるみる治《なお》ったらしい。そのとき、おじいちゃんは、雪女かもしれないと思ったそうだ。このクシをお礼《れい》にと、女の人はおいていった。それから『ここで自分に会ったことは、だれにもいってくれるな』といいのこして、山の中に消《き》えたということだ」

「おじいちゃんは、死《し》ぬまでだれにもそのことをいわなかったんだね」

「ああ。おばあちゃんも、それを読んだから、わかったんだ。この話をするのも、圭《けい》ちゃんが初《はじ》めてだよ」

その髪《かみ》かざりを、ぼくは手にとってみた。

ほんとうに、雪女はいたんだ！

「このクシは圭ちゃんにあげる。これはおまもりにもなるそうなんだよ。それも、おじいちゃんの日誌に書かれていたんだけど。タケノコ採《と》りに行って、山でまよったときに、これが道を教えてくれて、助《たす》かったんだって」

「この髪かざりが？　どんなふうに、教えてくれたのかな」

「さあ、くわしくは書いてなかったから、それはわからないよ。でも、それからは、山のおくへ行くときは、身《み》につけていったそうだ。きっとふしぎな力がやどっているんだろうね」

ふしぎな力？

ぼくは、そのことばにひきつけられた。

「ほんとに、もらっていいの？」

「圭《けい》ちゃんがもらってくれるなら、おじいちゃんもよろこぶと思うよ」

おばあちゃんは、その髪《かみ》かざりをだいじそうに布《ぬの》につつんでくれた。


おばあちゃんのところから帰るとちゅう、昌也《まさや》くんの家によった。マンガを読ませてもらうためだ。

昌也くんの部屋《へや》は、ペンションのすぐとなりに建《た》っている家の二階《かい》にある。

その部屋の窓《まど》から見えるペンション「スノーラビット」は、白い板壁《いたかべ》の三階建《だ》てだ。このあたりでは一番大きいし、あたらしい。

「おやつもらってくるよ」

昌也くんがいった。

フローリングの広い部屋は、昌也くんだけの部屋だ。ベッドや学習机《がくしゅうづくえ》がおかれ、パソコンやタブレット、ほかにもいろんなゲーム機《き》がそろっている。本だなにはマンガもたくさんあって、いごこちがいいので、よくあそびにくる。

ぼくは、千香《ちか》といっしょの部屋だ。だから、ベッドは二段《だん》ベッド。うちは、昌也くんちとちがって、ペンションのキッチンのおくに三つ部屋があって、そこでくらしている。

この前、おとうさんとおかあさんが話していたことを、ぼくは思いだした。昌也くんちが「借金《しゃっきん》で苦《くる》しいらしい」ということばだ。もし借金がかえせなかったら、昌也くんは、この部屋にも住《す》めなくなってしまうんだろうか。

マンガを読みはじめると、もうそんなことはわすれてしまった。

昌也くんは、おばさんが焼《や》いたパンとジュースを持《も》ってきた。

おばさんの手づくりパンは、最高《さいこう》なんだ。パンを食べながら、二人でゲームをはじめた。

しばらくして、おばさんが入ってきた。

「いらっしゃい、圭太《けいた》くん。昌也《まさや》、おとうさん、今朝《けさ》なんかいってなかった？どこか行ってくるとか」

昌也くんは、やっているゲーム画面《がめん》に目をむけたままこたえた。

「知らない。おとうさん、どうしたの？」

「一時に、ペンション組合の会合があるっていって出かけたきり、まだ帰ってないの。スノーフェスティバルがちかいせいか、このごろ、会合が多いのよね」

ぼくはなにげなく顔をあげて、部屋《へや》の時計を見た。

もう五時だ。そろそろ帰らなきゃ。

「ほんとうに、おとうさんったら、なにやってんのかしら。ペンションの夕食準備《じゅんび》で、いそがしいっていうのに」

「どこかによってるんだよ。車で出かけたんだろ？　連絡《れんらく》するのわすれてるだけだよ、きっと。もうすぐ帰ってくるって」

ゲームをしている昌也くんは、うわの空でこたえた。

「それが、車では行ってないの、ちかくだから歩いていくって。そのうえ、スマホもわすれてるし。さっき、電話したら事務所《じむしょ》のテーブルでなったのよ。まったく、きょうにかぎって持《も》っていってないなんて」

おばさんは、おこったような、だけど心配《しんぱい》そうな顔でいった。

4 黒帽子《くろぼうし》さん

その日の夜、ぼくは、ペンションの夕食のかたづけをてつだった。

お客《きゃく》さんたちは、もう食事《しょくじ》をおえて部屋《へや》にもどったり、暖炉《だんろ》のあるリビングルームでくつろいだりしているので、食堂《しょくどう》にはだれもいなかった。

「なんだ、圭太《けいた》。ほしいゲームソフトでもあるのか？」

お皿《さら》をあらっているおとうさんが聞いた。

「バレたか」

買ってほしいものがあるとき、ぼくはすすんでおてつだいをすることにしている。そうすると、おこづかいをふやしてくれるからだ。

ぼくは、お皿をふきながら、おとうさんに昌也《まさや》くんちのことを話した。

「昌也くんのおとうさん、帰ってきたかなあ。あのようすだと、帰ったらおばさんにすっごくおこられると思うよ」

「真衣《まい》さんは、きついからな」

真衣さんというのは、昌也くんのおかあさんのことだ。

うちのおかあさんだって、けっこうきついけど、それはいわないでおいた。

食堂のテーブルをふきながら、おかあさんがいった。

「永島《ながしま》さん、きょうの会合で、またおとうさんたちに、雪女の話をしたそうなのよ」

ペンションの組合は、スノーフェスティバルの実行委員会《じっこういいんかい》もかねているので、このごろよくあつまっているらしい。

「どんな話?」

ぼくはおとうさんに聞いた。

「きょうは、さらにいろんな企画《きかく》を提案《ていあん》したんだよ。郷土資料館《きょうどしりょうかん》で雪女伝説《ゆきおんなでんせつ》の展示《てんじ》をしてもらうだとか、雪女ゆかりの地をめぐるツアーはどうだろうとか。いくらなんでもやりすぎだよ」

「そうよね。それにしても、どうしたのかしら、永島《ながしま》さん。帰ってきたかしらね」

おかあさんが心配《しんぱい》そうにいったとき、電話がなった。

「おとうさん、真衣《まい》さんからなんだけど。永島さん、まだ帰ってないらしいわ。どこか心あたりはないかって」

「おかしいな。会合は三時にはおわったんだよ」

おかあさんは電話をおとうさんにかわり、昌也《まさや》くんのおかあさんとちょくせつ話してもらった。

電話をおえたおとうさんに、おかあさんがいった。

「永島さんのこともだけど、きょうはまだ、二号室《ごうしつ》のお客《きゃく》さんが帰ってないのよ。永島さんのこと聞いたら、心配になってきたわ。おとうさん、今夜はお酒《さけ》飲《の》まないでね。ちょっとそのあたりを、車で見てきてもらわなきゃならないかもしれないから」

おとうさんは、楽しみをうばわれた子どもみたいな目で、おかあさんを見た。

「そのうち帰ってくるんじゃないか。いつもおそいだろ。玄関《げんかん》のカギだけあけておけばいいいんだ」

うちのペンションの二号室には、この間から一人で泊《と》まっているお客さんがいた。その人は少しかわっている。ペンションの一階《かい》に食堂《しょくどう》があるんだけど、そこに来ることもない。朝食も夕食も部屋《へや》で食べるのだ。だから、ぼくはその人をほとんど見たことがなかった。

おかあさんがいうには、おとうさんよりずっと年上らしい男の人で、ときどき、知らない間にふらっと出ていったり帰ってきたりすることもあるらしい。部屋《へや》のそばを通っても、まったくいる気配《けはい》がしないそうだ。

そのお客《きゃく》さんは、昼はスキーに行かず、夜になると、ナイタースキーができるところへ出かけていくらしい。昼間だったら、すぐそこにもスキー場があるのに。

一度《いちど》だけ、ぼくと千香《ちか》が外で雪だるまをつくってあそんでいたときに、窓《まど》から、こちらを見ていたことがあった。黒いセーターをきていて、部屋の中だというのに、黒い帽子《ぼうし》をかぶっていた。だから、ぼくは心の中で「黒帽子《くろぼうし》さん」とよんでいた。

そういえば、代表委員会《だいひょういいんかい》でおそくなった日に、昌也《まさや》くんちのペンションを木の間から見ていた人も黒い帽子をかぶっていた。

でも、まさか。あんな黒い毛糸の帽子なんて、だれでもかぶっているじゃないか。

「きょうは、あのお客さん、ようすがちがったのよ。夕食を部屋にはこんだんだけど、そのときにはもういなかったの。いつもなら早めに夕食を食べて、暗《くら》くなってから出ていくのに。帰ってくるのは、かならず九時半ごろってきまってるのよ」

おかあさんのことばに、おとうさんも心配《しんぱい》になってきたらしい。

「わかった。ナイターのリフトがとまるのが九時だ。もう少し待《ま》って帰ってこなかったら、そのへんを見にいってくるよ」

十時をすぎたころ、おとうさんは車で出かけ、一時間もしないうちにもどってきた。

黒帽子さんの車は、スキー場の駐車場《ちゅうしゃじょう》にはなかったそうだ。

十一時になると、おかあさんは部屋を見にいってくるといって、二階《かい》にあがった。もしかしたら、お金をはらわずに、にげてしまったという可能性《かのうせい》もあるからだ。うちではないけれど、よそのペンションで、そういうことがあったらしい。

ぼくは、合カギで部屋《へや》に入るおかあさんのうしろから、部屋をのぞいた。

二号室《ごうしつ》には、古びた茶色い革《かわ》のトランクがひとつ、ポツンとおかれていた。その人が来たときに持《も》っていた荷物《にもつ》らしい。それは、ふつうのスキー客《きゃく》が持ってくるのとは、ずいぶんちがう感《かん》じのものだった。そのほかは、部屋の中にその人のものは、まったくなかった。

「よかった。まだ荷物があるわ」

おかあさんは、ホッとしたようにいった。

黒帽子《くろぼうし》さんがいない間に、そうじとベッドシーツの交換《こうかん》に入るけれど、いつでも、なにもしなくていいくらい、きれいなままなのだそうだ。

ほんとに、ベッドなんて、まるで使《つか》われたことがないように見えた。

おかあさんは、きれいにととのった部屋を見て、べつの想像《そうぞう》をしたらしい。

「まさか、ここに自殺《じさつ》の場所《ばしょ》をもとめてやってきたんじゃないでしょうね。会社にリストラされて、家族《かぞく》からも見はなされて、悲観《ひかん》して……」

おかあさんの話は、はてしなく悪《わる》いほうへと広がっていく。

キッチンにおりると、おとうさんにその不安《ふあん》を口にした。

「こわいこというなよ。とにかくもう少し待《ま》ってみよう。黒岩《くろいわ》さんから電話がくるかもしれないし」

黒帽子さんは、黒岩さんという名前なんだ。でも、いったいなにをしている人なんだろう。

家の電話がなった。

黒帽子さんかもしれない。

おとうさんが出て、話しているようすから、永島《ながしま》のおじさんのことだとわかった。

「真衣《まい》さんからだった。永島さんはまだ帰らないそうだ。もしかしたら、知りあいの店でお酒《さけ》でも飲《の》んでいるのかもしれないと思って、心あたりに電話してみたそうだけど、いなかったらしい。それが……ヘンな電話がかかってきたといって、真衣さんが気にしているんだ」

「ヘンな電話って、どんな？」

おかあさんがたずねた。

「『雪女につれていかれた』って、とぎれとぎれだけど、そう聞こえたって。永島さんの声に似《に》ていたような気もするけど、風の音だかなにか音がしていて、よくわからなかったそうだ」

雪女につれていかれたって？

「イヤね。気味《きみ》が悪《わる》いわ。警察《けいさつ》に知らせたほうがいいんじゃないかしら」

「うん。いちおう、ぼくも真衣さんにそういっておいたよ。ただのイタズラ電話ならいいんだけど」

おとうさんとおかあさんは、顔を見あわせた。黒帽子《くろぼうし》さんのことが、心配《しんぱい》になってきたんだ。

「二号室《ごうしつ》の黒岩《くろいわ》さんが帰らないことも、警察にとどけたほうがいいのかしら」

「いや、とりあえず、あしたの朝まで待《ま》ってみよう。黒岩さんから、連絡《れんらく》があるかもしれない」

おなじ日に、永島のおじさんと、黒帽子さんが帰らないなんて。なにか関係《かんけい》があるのだろうか。それとも、たんなるぐうぜんなのかな。

「圭太《けいた》は、もうねなさいね。十二時になるわよ」

おかあさんに、むりやり部屋《へや》に追《お》いたてられたけれど、なかなかねむれなかった。

昌也《まさや》くんちにかかってきたヘンな電話「雪女につれていかれた」というのが、気になってしかたがなかった。

永島《ながしま》のおじさんが雪女を見たなんてほかの人たちにいうから、ほんとに、雪女がおこってつれていったんじゃないだろうか。

おじさんは、いまごろどこにいるんだろう。黒帽子《くろぼうし》さんも。

キッチンでは、おかあさんとおとうさんがボソボソ話している声が聞こえてくる。

ぼくは自分の部屋《へや》に行って、二段《だん》ベッドの上に、パジャマにもきがえず横《よこ》になった。いつの間にか、うとうとしていた。

玄関《げんかん》のほうで声がする気がして、目がさめた。黒帽子さんがもどってきたかと思い、ベッドからとびおりた。

おとうさんが、出かけるしたくをしている。時計を見ると、もうすぐ夜中の一時になろうとしている。

「もう一度《いちど》そこらへんを見てくるよ」

「待《ま》って。ぼくも行くよ！」

おかあさんが「いけません」と、とめるのも聞かず、ぼくは部屋にもどってジャケットをきた。それから思いだして、おばあちゃんからもらった雪女の髪《かみ》かざりをポケットに入れた。

5　神《かみ》かくし

外は雪だった。走っている車のフロントガラスに、うちつけるようなはげしさでふっている。

ナイターをやっているスキー場は、車で十五分ほどのところにある。道がこおっているので、冬用のタイヤをはいていても、おとうさんはしんちょうに運《うん》転《てん》している。

スキー場の駐車場《ちゅうしゃじょう》に車をとめて、黒帽子《くろぼうし》さんの車がないかたしかめた。

黒帽子さんの車は、黒のジープだと、おとうさんがいった。うちの車とおなじようなやつだ。ぼくは、駐車場の街灯《がいとう》をたよりに、それらしき車をさがした。

雪をかぶった車が二台とまっていた。だけど、どちらもちがう。

「おりて、もう一度《いちど》ほんとにだれもいないか、管理棟《かんりとう》のトイレとか更衣室《こういしつ》とか見てくるよ」

そういうと、おとうさんは車のドアをあけた。

そのとたんに、もうれつな雪と寒《さむ》さがおそいかかってきた。

「どうだった？」

しばらくして、もどってきたおとうさんに聞いた。

「ううっ、寒い。やっぱり、だれもいなかったよ」

「どこへ行ったのかなあ」

「さあ。しょうがない、帰るしかないな。帰りはちがう道を通って、不威峠《ふいとうげ》のふもとのほうをまわってペンションにもどろう。もしかしたら、とちゅうで車が立《た》ち往生《おうじょう》しているかもしれない」

スキー場は照明《しょうめい》をおとし、ところどころにある街灯がてらしだす雪景色《ゆきげしき》で、よけいに寒々《さむざむ》とした感《かん》じだ。

その道は、雪におおわれた田んぼや林にそってつづいていて、道ぞいに、家はまったく見えない。車の通ったあともなくて、心細くなってきた。こんなところで、車がスリップしてミゾにはまったりしたら、どうしようと思った。

車は、小里高原《こざとこうげん》スキー場までもどり、不威峠《ふいとうげ》のふもとへの車道へ入った。

「圭太《けいた》。なんか、きゅうにねむくなってきた。どうしたのかな。悪《わる》いけど、ここで五分ほどねむらせてくれ」

と、いうが早いか、おとうさんは車を道のわきによせてとめ、シートをたおした。もう、いびきをかいている。こんなさびしいところに、車をとめるなんて。

ぼくは待《ま》つしかなかった。しかたなく、ぼくもシートをたおして、目をつむった。車のヒーターが気持《きも》ちよくて、ねむくなってきた。

とつぜん、だれかが助手席《じょしゅせき》のドアの窓《まど》ガラスについた雪を、黒い大きな手ではらいのけた。

心臓《しんぞう》がとまりそうなほど、おどろいた。

「クマだ！　おとうさん、起《お》きて。クマが出た！」

たよりのおとうさんは、ねむりこんでいて、ゆさぶっても起きない。

そのとき、人の声が聞こえてきた気がした。耳をすますと、ぼくの名前をよんでいるみたいだった。ドアがロックされていることをたしかめてから、ぼくはおそるおそる外をのぞいてみた。

クマではなくて人間だった。窓をたたいているその人は、スキー用の黒い手ぶくろをはめている。それがクマの手に見えたんだ。

雪がふっているのでよく見えないが、黒い帽子《ぼうし》をかぶっているようだった。

黒帽子《くろぼうし》さん⁉

ウィンドウをさげると、雪と風が車内にふきこんできた。

見つかってよかったという思いと同時に、いろんな疑問《ぎもん》がわいてきた。

どうしてこんなところにいるんだろう？　ここでなにをしている？

「圭太《けいた》くん、てつだってほしい」

暗《くら》いのでよくわからないけど、そのとき、黒帽子《くろぼうし》さんが、だれかを背負《せお》って
いるのが目に入った。その人がだれかわかったとたん、ぼくはドアのロックを
解除《かいじょ》し、車の外にとびだした。

「おじさん！　永島《ながしま》のおじさんじゃないか」

おじさんの体は、おどろくほどつめたかった。

「おじさん、まさか……」

ぼくの心を読んだように、黒帽子さんがいった。

「いや、気をうしなっているだけだよ。わたしの車にのせたいんだ」

「車って、どこにあるんですか？」

ぼくが聞くと、黒帽子《くろぼうし》さんは、目で前のほうをしめした。ぼくたちの車のすぐそばだった。雪をかぶっているので、ぜんぜん気づかなかった。

黒帽子さんが、ドアをあけると、ぼくたちは二人でおじさんをうしろの座席《ざせき》におしこんだ。

「圭太《けいた》くんも、のって」

「でも、おとうさんが……」

「だいじょうぶ。おとうさんは、わたしがねむらせた。しばらく目がさめないはずだ」

「えっ、どういうこと？」

ぼくは、思わず黒帽子さんに聞いた。

「あとで説明《せつめい》する。とにかくいまはいそごう」

うしろの座席の、おじさんのとなりにぼくはのりこんだ。

黒帽子さんは、運転中《うんてんちゅう》だまったままだ。どこに行くのか聞きたかった。雪が、まるで白いカーテンみたいにふりつづけている。視界《しかい》も悪《わる》く、運転に集中《しゅうちゅう》している黒帽子さんに、話しかけてはいけない気がした。

小里《こざと》に入り、小学校の前をまがって、少しさきにある診療所《しんりょうじょ》についた。お医《い》者《しゃ》さんは、診療所のうらにある医師住宅《いしじゅうたく》に住《す》んでいる。スキーのジュニアクラブの監督《かんとく》もしていて、ぼくも小さいころからよく知っている人だった。

黒帽子さんは、車を玄関《げんかん》の真横《まよこ》につけた。二人で、永島《ながしま》のおじさんを雪がからないベンチにおろした。そのあと、黒帽子さんは車にもどっていく。

自分が出ていくと、いろいろと話がややこしくなるから、ぼくにたのむということだった。

診療所のチャイムをおすと、しばらくしてインターホンで返事《へんじ》があった。医師住宅と、ちょくせつつながっているのだ。

「先生、圭太《けいた》です。永島《ながしま》のおじさんをみてあげてください。おとうさんといっしょに、うちのお客《きゃく》さんをさがしに行ってたら、スキー場のちかくの車道でおじさんがたおれているのを見つけたんです」

車からおりる前に、黒帽子さんから教えられたことを、ぼくはそのまま先生につたえた。

しばらくして、玄関《げんかん》のむこうで音がした。

先生がドアをあけてくれ、おどろいた顔でおじさんを見た。

「ストレッチャーを！」

先生がよびかける声が聞こえた。すぐに、中から出てきた奥《おく》さんが、先生といっしょにおじさんをストレッチャーにのせていった。

ぼくは玄関のドアをしめると、黒帽子《くろぼうし》さんの車にもどった。

帰りもやはり、黒帽子さんはなにもしゃべらない。ぼくは、好奇心《こうきしん》をおさえきれなかった。

「あの……永島のおじさんといっしょにいたんですか」

「くわしいことはいえない。でも、ひとつだけいえることは、圭太くんなら助《たす》けてくれると思った」

「どうしてですか？」

そのとき、おばあちゃんからもらった雪女の髪《かみ》かざりが入っているポケットのあたりが、少しあたたかく感《かん》じられた。

ぼくは髪かざりを取《と》りだした。クシに描《えが》かれた赤い実《み》が、暗《くら》い車内でボーッと光っていた。

「圭太くんが、それを持《も》っていたからだよ」

黒帽子さんは、そのクシに目をやった。

それ以上《いじょう》はなにもいわずに、黒帽子さんは、また運転《うんてん》に集中《しゅうちゅう》した。

おとうさんの車があるところまでもどると、車をとめた。

「ぼくはひと足さきに、ペンションにもどっているよ」

といって、ぼくをおとうさんの車にのりうつらせた。

おとうさんが目をさましたのは、黒帽子《くろぼうし》さんの車がカーブをまがって見えなくなってすぐだった。

「いけね。ついねむりこんじゃったよ。あれっ、なんでこんなところにいるんだろう」

「二号室《ごうしつ》の黒岩《くろいわ》さんをさがしにきたんだろう」

「そうそう、そうだった」

雪は小降《こぶ》りになっている。

おとうさんは、車を発進《はっしん》させながらつづけた。

「それで、黒岩さんは見つからずに、永島《ながしま》さんがたおれているのを見つけて、診療所《しんりょうじょ》につれていったんだったな。だけど、家に帰らずどうしてまたこんなところにもどってきたのか、よくわからないなあ」

おとうさんは、思いだそうとするように頭をかいた。

「ええっ？　おとうさんが、永島のおじさんをつれていったんじゃないだろ……？」

ぼくは、思わず黒帽子さんの名前を出しそうになって、口をとじた。なぜだか、そのことはいってはいけない気がした。

おとうさんは、きっぱりした口調《くちょう》でいった。

「いや、ぼくがつれていったんだ。診療所の玄関《げんかん》でおろして、圭太《けいた》が先生をよんだんじゃないか」

ぼくは、キツネにつままれたような気分だった。

おとうさんはずっとここでねむっていたのに、自分がおじさんを見つけたって思いこんでいる。まるでウソの記憶《きおく》をうえつけられたみたいだ。

いま、おとうさんに起《お》こったことは、ぜんぶ黒帽子《くろぼうし》さんのしわざだという気がした。

いったい、何者《なにもの》なんだろう、あの人は。

ぼくが雪女の髪《かみ》かざりを持《も》っていることも、ぼくの名前だって知っていた。

「おとうさん、黒岩《くろいわ》さんも見つかったんだ。いまごろ、ペンションに帰っているはずだよ」

ぼくがそういうと、おとうさんはまだ頭の中が混乱《こんらん》しているみたいだった。

「うん、そうだった。永島《ながしま》さんを見つける前に、黒岩さんにも会ったような気がする」

と、つぶやいた。

ぼくはポケットの中の髪かざりを、そっとのぞいてみた。もう光ってはいなかった。さっきは、黒帽子さんがいたので光ったのだろうか。

ぼくたちが家にもどると、おかあさんが黒岩さんはさっき帰ってきたと、ホッとしたようにいった。

「ナイタースキーのあとで町まで行って、あちこちよってたら、おそくなったらしいの。連絡《れんらく》入れるのわすれていて、もうしわけなかったっておっしゃってたわ」

おかあさんのことばに安心《あんしん》して、パジャマにもきがえずに、ぼくはそのままベッドにたおれこんでねむった。


「黒岩さんは？」

寝不足《ねぶそく》で、目をこすりながら起きると、ぼくはおかあさんに聞いた。

「まだ部屋《へや》で休んでらっしゃるわ。ゆうべはおそく帰ってこられたものね。でも、ほんとうに黒岩《くろいわ》さんも永島《ながしま》さんも、もどってきてよかった。真衣《まい》さんからお礼《れい》の電話があったわよ。圭太《けいた》くんによろしくって」

おじさんを助《たす》けたときのことを思いだすと、フクザツな気持《きも》ちになった。

おかあさんは、さらに声をひそめていった。

「それがね、なんか永島さん、自分は神《かみ》かくしにあったっていってるらしいの」

「神かくし、だって？」

「ええ。きのうの会合は、近所《きんじょ》の人の車にのせてもらって行ったんですって。で、帰りは、家のちかくでおろしてもらったそうなの。すると、きゅうに吹雪《ふぶき》になって、家にむかって歩いていると思ったのに、いつの間にか不威峠《ふいとうげ》のふもとのほうまで行ってしまっていたそうよ。家のちかくまで帰ってきてまようなんて、おかしな話でしょ」

ぼくには、わかる気がした。あのスキー教室でのことを思いだした。ぼくも、あのとき吹雪の中でまよった。

「で、それからおじさん、どうしたの？」

「気がついたら不威峠の頂上《ちょうじょう》にいたんですって。そんなところに、こんな時期《じき》、行けるわけないと思うんだけど。でも、永島さんは、そこはぜったい頂上だったって。小里《こざと》の村のあかりが、下のほうに見えたらしいわ。きっと雪女につれてこられたんだろうって、思ったそうよ」

「それから、どうしたの？」

「そのあたりから、記憶《きおく》がはっきりしないらしいの。つぎに気がついたら、診療所《しんりょうじょ》のベッドだったっていうんだから」

「じゃあ、雪女につれていかれたっていうヘンな電話は、だれがかけたんだろう？」

「さあ。でも、スマホは家にわすれてたって、いってたでしょ。永島さんには、かけられなかったはずよね。ほんとに、よくわからないことばっかり。真衣《まい》さんも、永島《ながしま》さんがこのごろ雪女のことばかりいってるって、心配《しんぱい》しているのよ」

おかあさんは、考えこむような表情《ひょうじょう》をした。

「それはそうと、圭太《けいた》、きょう学校の帰りに診療所《しんりょうじょ》によって、おばあちゃんのお薬《くすり》をもらってきてくれないかしら。電話して、たのんでおくからね」

6　あやしい男たち

診療所《しんりょうじょ》に行くと、先生の奥《おく》さんが受付《うけつけ》にいて、おばあちゃんの薬《くすり》をわたしてくれた。そのとき、永島《ながしま》のおじさんのことも聞いた。

「圭太《けいた》くん、ゆうべは、たいへんだったわね。永島さんは、いままで休んでいたけど、帰っていったわ。どこも悪《わる》いところはなかったみたいよ。真衣《まい》さんに車でむかえにきてもらいましょうかっていったんだけど、ゆっくり歩いてかえりますって。でも、まだつかれているみたいだったわ」

「おじさん、雪女につれていかれたっていってるって、聞いたんですけど」

奥さんは、ちょっとこまったような顔をした。

「人ってね、ひどい状態《じょうたい》にさらされると、いろんなこと考えて、思いこんでしまうときがあるのよ。つかれがとれたら、永島《ながしま》さんもおちついてきて、そんなことはいわないようになると思うわ」

家に帰るとちゅうで、永島のおじさんが歩いているのを見つけた。ぼくは、もうちょっとちかづいたら声をかけようと思った。

リフトのりばのちかくにある、駐車場《ちゅうしゃじょう》を通りかかったときのことだ。とまっている車から、いきなり二人の男の人が出てきた。まるで、おじさんを待《ま》っていたみたいだ。ぼくは、あわててべつの車のかげにかくれた。

見たことのない男たちだった。二人とも会社員《かいしゃいん》のようなスーツをきている。だから、スキーのお客《きゃく》さんではないのはたしかだ。この村でスーツをきているのは、銀行《ぎんこう》の人とかＪＡ《ジェイエー》の人だ。だけど、そういうふうにも見えない。

「うまくいきましたか、永島さん？」

二人づれの、年上のほうが、おじさんに聞いた。ちょっとこわい感《かん》じの人だ。永島のおじさんがうなずいているのが見えた。

「寒《さむ》いから、どっかの喫茶店《きっさてん》にでも入って話しませんか？」

もう一人の若《わか》い、やせた男がいうと、おじさんがこたえた。

「いや、ここのほうがいいです。喫茶店に入ると、だれかに話を聞かれるかもしれませんから」

たしかにここは広い駐車場で、まわりに家がない。ぼくみたいに、たまたま通りかからないかぎり、だれにも話を聞かれることはない。

いまさらにげだすこともできず、車のかげで、ぼくはどきどきしていた。

「この神《かみ》かくしを永島さんが考えたと知ったら、村の人たちはおどろくでしょうね。しかも『雪女につれていかれた』なんて、永島さんの声に似《に》せて電話まででかけさせるなんて」

「そのほうが、雪女のことを印象《いんしょう》づけられると思ったんですが、ただのあやしい電話だと思われただけでしたよ」

おじさんは不満《ふまん》げにいった。

「しかし、永島《ながしま》さん、あんたもおもしろいことを考えるね」

それって、おじさんが神《かみ》かくしにあうことを、おじさん自身《じしん》が計画したってこと？

「苦《くる》しまぎれですよ。客足《きゃくあし》を取《と》りもどして、借金《しゃっきん》をかえさなければならないですからね、あなたたちに」

「それで、これからの段取《だんど》りはどうなるんですかね？　永島さんがお金をかえしてくれるんなら、われわれはどんなことでも協力《きょうりょく》させてもらいますよ」

年上の、こわい顔をしたほうの男が、いやみたっぷりにいった。

どうやら、おじさんはスノーラビットをリフォームしたときに、この人たちにお金を借《か》りたみたいだ。

「みんなに、雪女はほんとにいるってことをいいます。そうすればスノーフェスティバルには、お客《きゃく》がたくさん来るはずです。これから何年かかっても、ここを『雪女の里』にしようと思っています。だからそれまで、スノーラビットを取《と》りあげるのはやめてください。おねがいします」

永島のおじさんは、二人に頭をさげた。

「スノーフェスティバルとやらの成功《せいこう》しだい、ってことだな」

年上の男はわらいながら、つづけた。

「しかし、苦しまぎれとはいえ、雪女伝説《ゆきおんなでんせつ》を利用《りよう》しようなんてねえ。いもしない雪女を見たなんて、ウソついて」

「いや、ほんとうに一度《いちど》だけスキー場で雪女というか、雪ん子を見たんですよ、それがなければ、こんなことを思いつかなかった。それ以外《いがい》はウソですが」

スキー教室のときのことだ。でも、ほかはぜんぶウソだったなんて。

「でも、計画では、峠《とうげ》のふもとの小屋《こや》で待《ま》ちあわせをする予定《よてい》だったでしょう？　すぐにぼくをむかえにきてくれるって、いいましたよね。そこから、町まで車でつれていってくれて、しばらくそこでかくれているということでした。ぼくは計画どおり、小屋で待っていたんですよ。なのに、どうして来てくれなかったんですか？　あまりにも寒《さむ》かったので、歩いてかえりかけていたら、ひどい吹雪《ふぶき》で動《うご》けなくなってしまったんです。通りかかった村の親子に助《たす》けられましたが。もう少しでこごえ死《じ》ぬところだったんですよ」

「ああ、もうしわけない。なれない雪道で、時間がかかったんです。ちゃんと待ちあわせの小屋へは行ったんですよ。でも、そのときは、もう、その親子につれていかれたあとで、いなかったんです」

たいして、もうしわけなさそうでもなく、若《わか》いほうがこたえた。

おじさんがそのことばにたいして、どんなふうに思っているのかは、わからない。

黒帽子《くろぼうし》さんのことは、ぜんぜん話に出てこない。

永島《ながしま》のおじさんの記憶《きおく》も、おとうさんみたいに書きかえられたのか？　それとも、おじさんは気をうしなっていたから、あとで聞かされた話をしんじたのかもしれない。

まさか、黒帽子さんが男たちの仲間《なかま》ってことはないだろうし。でも、なぜ黒帽子さんは男たちの計画を知っていたんだろう。あんな時間に、雪の中で、ぐうぜんおじさんに会うなんてことあるわけない。

「また、連絡《れんらく》します」

そういうと、おじさんは、スノーラビットのほうへと帰っていった。

「こんなことやって、ほんとにお客《きゃく》がふえるんでしょうかね」

「さあ。こっちは、とにかく借金《しゃっきん》さえかえしてもらえたら、なんでもいいんだ」

そういうと二人で顔を見あわせてわらった。とてもイヤなわらい方だった。

若《わか》いほうの男は、ぼくたちがおじさんを助《たす》けたあとで、おじさんをむかえにいったといっていた。けれど、黒帽子《くろぼうし》さんがおじさんを見つけなかったら、おじさんはたいへんなことになっていたかもしれないんだ。

もしかして、この男たちは、協力《きょうりょく》するとかいってたくせに、わざとおくれていって、おじさんを危険《きけん》な目にあわそうとしたんじゃないだろうか。

そう思いはじめると、ぼくはきゅうにこわくなり、ふるえてきた。にげなければ、と思った。だけど、長いことしゃがんでいたので、体がこわばっている。

男たちが、車にのりこむ気配《けはい》がしたので、かくれていた車のかげから、なんとか立ちあがった。

しまった、早すぎた！

まともに、若いほうの男と目があってしまった。

「おまえ、どこの子だ？　いまの話、聞いてたのか？」

こわくて声が出ない。ブンブンといきおいよく頭をふった。

早くにげなきゃ。でも、足が地面《じめん》にはりついてしまったみたいに動《うご》かない。

助けをよぼうとしても、ちかくにとまっている車にも駐車場《ちゅうしゃじょう》にも、だれもいなかった。もう少ししなければ、日帰りのお客《きゃく》さんたちも駐車場にはもどってこないだろう。

「ほっとけ、まだ子どもだ。意味《いみ》なんかわかっちゃいないよ」

おねがいします。ほっといてください！

「でも、気になります。少しこわがらせておいたほうがいいですよ」

男の手が、ぼくの肩《かた》をつかまえようと、のびてきた。その瞬間《しゅんかん》は、まるでスローモーションを見ているように、動きがはっきりとわかった。

絶対絶命《ぜったいぜつめい》だ。

助《たす》けて！

心の中では力いっぱいさけんでいたけれど、声にならない。悪夢《あくむ》の中にいるようだった。

そのとき、ぼくの目のはしに、だれかの白い服《ふく》が見えた。

「おにいちゃん！」

千香《ちか》なのか？

雪もふっていないのに、白いジャケットのフードをかぶっているので、顔はよく見えないけど、たしかに千香の声だ。

男は、いきなり千香があらわれたので、一瞬《いっしゅん》ひるんだ。そのすきに、千香はぼくの手を取《と》ると、力いっぱいかけだした。ほとんどひっぱられている。心臓《しんぞう》が口からとびだしそうなほど、息《いき》が苦《くる》しい。

出口

あまりのスピードに、息《いき》がきれて、たおれそうだった。

よそのペンションが見えるところまで来た。うしろのほうで、男たちの車が動《うご》きだす音がした。

あきらめてくれたんだ。

「助《たす》かった〜」

そういった瞬間《しゅんかん》、ヒザから力がぬけた。

車が遠ざかっていくのを見おくった。なんとか立ちあがったけれど、足のふるえがとまらない。

「千香《ちか》、ありがとう」

その子はフードを取《と》った。

千香ではなかった。あの子だ。スキー教室のときに会った、永島《ながしま》のおじさんが、雪ん子だといった女の子だった。

「千香の声にそっくりだったから……足が速《はや》すぎるとは思ったけど」

ぼくがいうと、

「おにいちゃん」

と、その子は千香の声をまねしていうと、ペロリと舌《した》を出した。

「あぶないとこだったね。気をつけなきゃだめだよ。じゃあね」

その女の子は、自分の声にもどってそういった。

「あ、待《ま》って！」

ぼくは思わず、その子の背中《せなか》に声をかけた。

けれど、「きみは雪ん子なの？」と聞く前に、その子は道をかけていって、まわりの雪景色《ゆきげしき》にとけこむように見えなくなった。

ぼくは、あの子が消《き》えた道をしばらく見つめていた。そして、つないで走った手がとてもつめたかったことも思いだしていた。

家に帰ると、黒帽子《くろぼうし》さんは、あの革《かわ》のトランクを持《も》って、もちろん宿泊代《しゅくはくだい》もはらって、出ていったことを知らされた。

けっきょく、黒帽子さんの正体はわからずじまいだ。

「はい。これ圭太《けいた》にって、黒岩《くろいわ》さんがメモをのこしていったわ。いつの間になかよくなっていたの？」

「えっ？　なかよくってことはないけど、まあいろいろとね」

ぼくはごまかすと、メモを読んだ。

『圭太くん、スノーフェスティバルで会おう。そのときは、髪《かみ》かざりのクシをわすれずに』

スノーフェスティバルで、なにか起《お》きるのだろうか。

永島《ながしま》のおじさんを助《たす》けてから、何日かたったあとのことだ。地域《ちいき》の情報誌《じょうほうし》に、おじさんの投稿文《とうこうぶん》が出ていた。

それは、不威峠《ふいとうげ》につたわる雪女伝説《ゆきおんなでんせつ》について、昔《むかし》の郷土資料《きょうどしりょう》や地元のお年よりに聞いたことなどをもとに、かなりくわしく書かれていた。さらに、おじさんが体験《たいけん》したこととして、雪女を見たことや神《かみ》かくしにあったこともものっていた。最後《さいご》は、スノーフェスティバルの宣伝《せんでん》でしめくくられていた。

この記事《きじ》は観光協会《かんこうきょうかい》のホームページにものり、SNS《エスエヌエス》で広がっていった。けっこう反響《はんきょう》があったらしい。妖怪《ようかい》マンガのアニメがブームになっているおかげもあるのかもしれない。それを読んだ人たちから、スノーフェスティバルを見にいきたいといって、小里《こざと》のあちこちのペンションに予約《よやく》が入っているということだ。

おとうさんたちは、スノーフェスティバルの準備《じゅんび》にいそがしそうだった。ぼくたちも、放課後《ほうかご》、ソリ大会に出るソリをつくりはじめた。

「圭太《けいた》くんも、ソリ大会、出るの？」

つぐみ先生に聞かれた。

「うん。スキーのジュニアクラブチームでつくったソリで、参加《さんか》するんだ」

「そう。がんばってね」

「つぐみ先生も、雪女のイベントに出るんでしょ？」

先生は、雪女の仮装《かそう》コンテストに出てほしいとたのまれているみたいだ。

「うん……まあ」

あいまいに、先生はこたえた。雪女の衣装《いしょう》が似合《にあ》いそうだ。コンテストでは優勝《ゆうしょう》するかもしれないと、ぼくは思っている。ところが、あまりうれしそうな顔じゃない。それどころか、なぜか悲《かな》しそうに見える。

「ぜったい応援《おうえん》するよ」

ぼくは力強くいった。

7　スノーフェスティバル

二月の最後《さいご》の週末《しゅうまつ》が、スノーフェスティバルの日だった。

「手づくりソリ大会」と「雪の達人《たつじん》コンテスト」がメインだ。今年《ことし》はそれに、「雪女仮装《かそう》コンテスト」がくわわることになっていた。

会場のまわりのテントでは、雪女のグッズが売られるそうだ。永島《ながしま》のおじさんが、その責任者《せきにんしゃ》になっているらしい。


土曜日は、雲ひとつない晴天だった。

野外ステージで実行委員長《じっこういいんちょう》があいさつし、「開会宣言《かいかいせんげん》」をおこなった。

開会式《かいかいしき》のあと、さっそく雪の中にかくしたものをさがす宝《たから》さがしや、雪だるまをチームでつくって、そのできばえをきそいあった。子どもたちが楽しめるようなゲームが中心だった。

日曜日はフェスティバルのメインイベントがある。きのうとおなじくらい、いい天気だった。雪のてりかえしがまぶしい。

手づくりソリ大会がはじまった。地元以外《いがい》のチームも、多く参加《さんか》している。ぼくたちのは、ダンボールでつくったUFO型《ユーフォーがた》のソリだ。ほかのチームのソリもユニークで、いろんな工夫《くふう》がされている。鳥の形で、ツバサが動《うご》くものとか、スーパーカーみたいなもの、海賊船《かいぞくせん》みたいなものもある。形にこりすぎると、スピードが出なかったり、とちゅうでこわれてしまったりする。それがまたおもしろいんだ。

ぼくたちは、地元チームなので、拍手《はくしゅ》の嵐《あらし》だった。十八組のチームで、手づ

小里スノーフェスティバル
LIVE

くりソリ競技《きょうぎ》は終了《しゅうりょう》した。結果《けっか》の発表《はっぴょう》は、フェスティバルの最後《さいご》におこなわれることになっている。

「雪の達人《たつじん》コンテスト」では、スノーボーダーや、フリースタイルのスキーをする人たちなど、カッコいい人たちが多かった。ファミリーゲレンデにつくられた、野外ステージの上におかれた大きなスクリーンに、その人たちのすがたがうつしだされる。

最後の「雪女仮装《かそう》コンテスト」は、わらいを取《と》ることしか考えていないような男の人もいたし、かわいい雪ん子の子どももたちもいた。そうかといえば、レベルの高いコスプレをした人たちもいる。その中でも、つぐみ先生が一番ほんもののように見えた。

結果発表のときがきた。

それぞれのコンテストの入賞者《にゅうしょうしゃ》のチーム名や名前がアナウンスされ、よばれた人たちがつぎつぎステージにあがっていく。ぼくたちも、手づくりソリで入賞した。

雪女コンテストの優勝者《ゆうしょうしゃ》は、つぐみ先生だった。

「やっぱり、つぐみ先生が優勝だね」

ぼくは昌也《まさや》くんとハイタッチした。

真《ま》っ白《しろ》い着物《きもの》をきて、腰《こし》まである長い黒髪《くろかみ》のつぐみ先生がステージにあらわれた。

ピースサインをして先生にわらいかけたけれど、先生は、ぼくに気づかないみたいに遠くを見つめていた。

そのときだった。

あたりはにわかに暗《くら》くなり、空をひきさくような稲妻《いなずま》がはしり、雷《かみなり》の音がひびきわたった。

それが、まるではじまりの合図だったかのように、雪まじりの強い風がふきはじめた。

その場にいる人たちは、みんな不安《ふあん》そうな顔になって、いままで晴れていた空を見あげた。

フェスティバル実行委員会の本部《ほんぶ》からの放送《ほうそう》が聞こえてきた。

「天気があれてきましたので、スノーフェスティバルは終了《しゅうりょう》させていただきます。入賞者《にゅうしょうしゃ》のみなさまには、後日、それぞれの賞品《しょうひん》を送《おく》らせていただきますので、ご了承《りょうしょう》ください」

ぼくは、ちかくにいたはずのつぐみ先生を目でさがした。

先生の白い着物《きもの》は風で大きく広がり、吹雪《ふぶき》の中にとけていくように、そのすがたも消《き》えてしまった。

ほかの人たちは、強い風でゆれているステージからおりるため、足もとに注《ちゅう》意《い》をむけていて、気づいていないようだった。ぼくも、昌也《まさや》くんたちのあとを追《お》いかけた。

ステージやテントがとばされそうなので、おとなたちはかたづけをはじめている。

また、アナウンスが入った。

「みなさん……ちかくのレストハウスか管理《かんり》センターなど……がんじょう……建物《たてもの》……避難《ひなん》してくだ……」

風がますます強くなり、とぎれとぎれにしか声が聞こえない。最後《さいご》はブチッと音がして切れた。

雪女のグッズを販売《はんばい》していたテントのそばを、通ったときのことだ。テントが風でふきとばされて、中にあった雪女人形のストラップが、空にまいあがっていた。

商品《しょうひん》をならべていた台やテントのポールがぶつかって、たおれる人もいた。その人たちを助《たす》ける人、テントにとびついてたたもうとする人、ちらばったグッズをあつめようとする人などで、会場は大混乱《だいこんらん》になった。

ぼくたちのソリチームは、ジュニアスキークラブの子たちといっしょに、リフトのりばのちかくにある大きなホテルに避難《ひなん》することにした。

ぼくはとにかくチームのみんなとはぐれないよう、昌也《まさや》くんの赤いジャケットの背中《せなか》にくっつくように歩いていった。

ぼくたちがめざすホテルは、すぐそこだ。

とつぜん、ものすごい風がふいた。ぼくは風にあおられて、つもっている雪の中にたおれてしまった。

足もとに目をやると、ぼくたちのＵＦＯ《ユーフォー》型《がた》のソリがあった。これも風でとばされて、動《うご》いたんだ。

建物《たてもの》の屋根《やね》の下まで、いっしょに避難させようと思った。みんなと、苦労《くろう》してつくったソリだ。雪の上を移動《いどう》させるためのヒモがつけてある。そのヒモをさがした。

そのとき、スキージャケットのポケットのあたりがあたたかい気がした。おばあちゃんにもらった髪《かみ》かざりを入れていたことを思いだした。黒帽子《くろぼうし》さんのメモに、持《も》ってくるように、とあったからだ。

髪かざりを取《と》りだすと、クシに描《えが》かれた赤い実《み》が光っている。そのあかりは、まるで場所《ばしょ》を教えてくれるように、ソリのヒモをてらしてくれた。

なぜだか、黒帽子さんがちかくにいるような気がした。

ソリをひっぱろうとしたとき、前を歩いていた昌也くんが声をかけてきた。

「圭太《けいた》くん、てつだうよ」

昌也くんと二人で、ソリを建物の玄関《げんかん》のわきにあるスノーボードやスキーをおく場所《ばしょ》につないだ。

ぼくが避難《ひなん》したホテルは、一階《かい》がレストランになっていた。

人がいっぱいで、すわれる場所はなかった。ぼくたちは外の見える大きな窓《まど》のそばにひとかたまりになって立っていた。

ほかのお客《きゃく》さんたちも、ちかくの建物《たてもの》へと、吹雪《ふぶき》の中を移動《いどう》しているようだった。

レストランのあちこちで、話している人たちの声が聞こえる。

「山の天気はかわりやすいっていうけど、こんなに、きゅうに天気が悪《わる》くなるなんて思わなかったよ」

「きょうの天気予報《てんきよほう》は晴れだったのにな」

吹雪はますますはげしくなってきた。まるで、小里高原《こざとこうげん》がおこっているみたいだと思った。

ぼくたちが入ったレストランは、人であふれていた。そのうえこうふんしてしゃべる人の声でさわがしい。みんな心配《しんぱい》そうに、あれくるう山の天気を窓ごしに見ている。

ぼくは光がもれないように、布《ぬの》につつんでポケットに入れている髪《かみ》かざりを、そっとのぞいた。

そのとき、声が聞こえた。

『圭太《けいた》くん。きみの力が必要《ひつよう》なんだ』

だれかに話しかけられたと思い、あたりを見まわした。けれど、それらしき人はいない。

「だれ？　だれか、ぼくをよんでるの？」

ぼくは、まわりの人たちに気づかれないように小声で聞いた。

『わたしだよ、黒岩《くろいわ》だ。声は出さないで。心の中で会話しよう。きみが思ったことは、わたしにつたわる』

黒帽子《くろぼうし》さんだ！

その声は、心の中にちょくせつ聞こえてきた。

『ぼくの力が必要《ひつよう》って、どういうことですか？』

『いま雪女がもうれつにおこっている。怒《いか》りをしずめなければならないんだ。わたしといっしょに来てほしい』

『どこへ？』

『不威峠《ふいとうげ》だ。雪女は、そこにいる』

『どうやって行くんですか？』

『レストランの厨房《ちゅうぼう》を通りすぎて、少し行くとうらぐちがある。そこを出たところで、待《ま》っている。ほかの人に知られないようにね』

ぼくは、昌也《まさや》くんにだけ、トイレに行ってくるといって、人の中をぬけだした。うらぐちはすぐに見つかった。ドアをあけると、そこだけ吹雪《ふぶき》がやんでいて、黒帽子さんが立っていた。手には、古びた革《かわ》のトランクをさげている。

「わたしについてきて、圭太《けいた》くん」

黒帽子さんはそういうと、スタスタと歩きはじめた。まるで、ふつうの道を歩いているみたいに、雪の中に足がしずむことがない。なぜか、ぼくもおなじように歩くことができた。

しばらく行くと、黒帽子さんがふりかえり、

「圭太くん。わたしの手を、しっかりつかむんだ！」

そういって、黒帽子さんは片《かた》ほうの手をさしだした。ぼくはその手を強くにぎった。

つぎの瞬間《しゅんかん》、ぼくたちはとんだ。

うつぶせのかっこうで、黒帽子さんと手をつないだまま空中にうかんでいる。

あっという間に、スノーフェスティバルの会場は小さくなり、小里《こざと》のペンション村まで見わたせた。

視線《しせん》を前のほうへうつすと、不威峠《ふいとうげ》が見えてきた。ぼくたちは、さらに高くまいあがった。

真《ま》っ白《しろ》な世界《せかい》だった。

まるで時がとまったかのように、動《うご》いているものはなく、なんの音もしなかった。

おちていくようでもあり、のぼっていくようにも感《かん》じられた。

ぼくはそのふしぎな感覚《かんかく》に、身《み》をまかせた。

8　不威峠《ふいとうげ》で

黒帽子《くろぼうし》さんとついたのは、山の中だった。

いままでいた吹雪《ふぶき》の高原とうってかわり、雪も風もなく、シーンという音が耳に痛《いた》いくらいしずかだった。ときおり、どこか木の上で、重《おも》みにたえられなくなった雪が、ドサッとおちる音がした。

「ここは、不威峠《ふいとうげ》だよ」

黒帽子さんに、ここが不威峠だといわれても、ぼくにはピンとこない。遠足とかで、何回か来たことがあるけれど、いまはどこもかしこも雪におおわれていて、ただ、雪山にいるということしかわからなかった。

もしここがほんとうに不威峠だとしたら、雪の深《ふか》さは二メートル以上《いじょう》はあるはずだ。だけど、ぼくは、雪の中におちこむこともなく、やわらかい雪の上に立っていた。

もしかしたら、これも髪《かみ》かざりのクシのせいかもしれない。

ぼくの心の中を読みとったみたいに、黒帽子さんがこたえた。

「そうだよ、圭太《けいた》くんが持《も》っている髪かざりの力で、きみはここにこうして立っていられるんだ。その雪女のクシには、いろいろな力がある。わたしたち、に、きみのいる場所《ばしょ》を教えてくれる役《やく》わりもする。きみのおじいさんが経験《けいけん》したように、まよえば道案内《みちあんない》もしてくれるんだ」

「わたしたち」って？

それに、どうして、雪女の髪かざりのことをよく知っているんだろう。

「黒帽子さんは、いったい、だれですか？　魔法使《まほうつか》いか、なにかなの？」

いいやというように、首をふった。

そのとき、ふいに、つぐみ先生が、ぼくの目の前にあらわれた。

「つぐみ先生！」

ぼくは思わず声をあげた。

コンテストでの白い着物《きもの》のままで、きびしくつめたい表情《ひょうじょう》で立っている先生は、まるでべつの人みたいだった。ぼくのほうを見ようともしない。

雪女だ。

つぐみ先生は、ほんとうの雪女だったんだ。だけど、ぼくはそのことを、頭のどこかで、ずっとわかっていたような気がした。最初《さいしょ》に、雪ん子に会ったときから。先生は雪ん子によく似《に》ていた。いや、雪ん子そのものだった。

「山《やま》の神《かみ》、わたしになにか用ですか？」

雪女は、黒帽子《くろぼうし》さんのことをそうよんだ。

山の神、だって？

ぼくは、おどろいて黒帽子さんを見た。そのすがたは、いまや、黒帽子さんではなくなっていた。白いひげをはやした、古い木のようなおじいさんだった。山の神は、ぼくにうなずいてから、雪女にいった。

「雪女。もう、このあたりで怒《いか》りをしずめたら、どうだろう。ごらん、人間たちは、とつぜんの猛吹雪《もうふぶき》に、身動《みうご》きもできずこまっている。これ以上《いじょう》ふらせると、建物《たてもの》が雪の重《おも》みでつぶれて、たいへんなことになる」

ずっと下のほうに、さっきまでぼくがいた高原が見えた。昌也《まさや》くんや、みんながいるホテルやレストハウス、コテージやロッジなども、すべて雪でうまってしまいそうになっている。そのふもとにある、小里《こざと》のペンション村もそうだ。

思わずぼくはさけんだ。

「やめて！　なにもかも、雪にうもれてしまうよ」

雪女が初《はじ》めてぼくに注意《ちゅうい》をむけた。

「いいえ、やめないわ。人間たちは、この不威峠《ふいとうげ》を開発《かいはつ》しようとしている。ここは、神聖《しんせい》な、山にすむものたちの場所《ばしょ》なのに。あの永島《ながしま》という男たちは、つまらないことをたくらんで、それを『神《かみ》かくし』だなどと、わたしのせいにした。山《やま》の神《かみ》は、あの人を助《たす》けるべきではなかった」

「でも、きみが助けることをのぞんだ。きみの教え子の親だからだ」

「そのときは、そう思った。だけど、助けたのに、さらにそのことを利用《りよう》しようとした。ゆるせない」

「でも、悪《わる》い人間ばかりではなかっただろう？」

「人の世界《せかい》におりてみて、わかった。人間は油断《ゆだん》のならないものだって。もう二度《にど》と人の世界には行かない」

雪女は、ぼくたちの村をにらむように見ている。その視線《しせん》が強くなればなるほど、吹雪《ふぶき》がひどくなっていくような気がした。

「圭太《けいた》くん、雪女はつぐみ先生にすがたをかえて人の世界に行った。だけど、失望《しつぼう》して、いまは、にくしみでいっぱいなんだよ。きみのよく知っているつぐみ先生の心は、雪女のおく深《ふか》くにとじこめられてしまったんだ」

どうしたらいいんだろう。このままだと、ほんとうに高原も村も、雪でおしつぶされてしまう。

そうだ！　髪《かみ》かざりのクシだ。

それを見せれば、つぐみ先生の心がもどってくるかもしれない。

ぼくは、ポケットから髪かざりを取《と》りだした。

「思いだして、つぐみ先生。これは、ぼくのおじいちゃんが先生からもらったものだよ」

雪女は、それにチラリと目をやった。

「それは……」

「そうだよ。ぼくのおじいちゃんが若《わか》いころ、先生を助《たす》けて、そのときにもらった髪《かみ》かざりだ。だいじにしてたんだよ」

きびしい雪女の顔の下から、少しだけ、やさしいつぐみ先生の顔がのぞいた。

「あのころの人間はよかった。山の力をおそれていたし、わたしもしんじることができたわ」

「つぐみ先生、おねがいします。ぼくたちの学校や村を雪でうめてしまわないで」

山《やま》の神《かみ》もいった。

「雪女よ。わたしたちは、人とともにあるのだ、はるか昔《むかし》から。それは、この山にいるおまえが、一番よく知っているはずだ」

「だけど、人間たちは、その足で、この山をふみあらそうとしているのよ」

「つぐみ先生。不威峠《ふいとうげ》は、ぜったいに開発《かいはつ》させない。ずっとずっと、ぼくたちがまもっていくから。だから、みんなを、小里の村を、助けてください！」

ぼくは必死《ひっし》でたのんだ。

「子どもの力で、なにができるの？」

「すぐにはできないかもしれない。でも、不威峠をまもっていくように、ぼくはみんなにいう。生きているかぎり、いいつづける。やくそくするよ。だから、おねがいします」

雪女の顔から、少しずつけわしさが消《き》えていった。とうとう、いつもの、やさしいつぐみ先生の顔になった。

「……圭太《けいた》くん」

ぼくは、髪かざりのクシをつぐみ先生にわたした。

先生は、それを受《う》けとると、しばらくの間なつかしそうにながめた。

「ありがとう。でも、これは圭太《けいた》くんが持《も》っていて。やくそくのしるしだよ。それまでは、わたし、横山《よこやま》先生が赤ちゃんをうむまで、村にいることにするわ。それまでは、わたしのこと、もう少しの間、ヒミツにしていてね」

つぐみ先生は、指《ゆび》きりをしようと小指《こゆび》を立てた。つめたい小指が、ぼくの小指にからまった。

すると、とつぜん先生は、小さな女の子にすがたをかえた。最初《さいしょ》はスキー教室のときに山で会った、それからぼくをこわい男の人たちから助《たす》けてくれた、雪ん子だった。

「わたしは、何歳《なんさい》にでもなれるのよ。ほんとうは、すごいおばあさんなんだけどね」

その子は、いたずらっぽくわらった。

しばらくすると、吹雪《ふぶき》はやみはじめた。

これで、小里《こざと》はすくわれる。

山《やま》の神《かみ》は、また黒帽子《くろぼうし》さんにすがたをかえた。

「じゃあ、わたしは圭太くんをホテルのうらぐちまで送《おく》っていくとしよう」

ぼくは黒帽子さんと、小里高原《こざとこうげん》のスキー場へむかって、また空をとんだ。

そのとちゅう、黒帽子さんと心の中で話した。

『わたしは、雪女の見《み》まもり役《やく》として、こっそり圭太くんの家のペンションに泊《と》まっていたんだよ』

『どうして、毎晩《まいばん》ナイタースキー場に行ってたんですか?』

『昼間のスキー場では目立つかもしれないと思ってね。どこで雪女、いや、つぐみ先生に会うかもわからないからね。でも、スキーって楽しいね、圭太くん。今度《こんど》はスノーボードにも挑戦《ちょうせん》したいな』

黒帽子さんはうれしそうにわらった。

ホテルのうらぐちにもどると、すっかり吹雪《ふぶき》はおさまり、雲のきれ目から青空さえ見えはじめていた。

最後《さいご》にぼくは聞いた。

『黒帽子《くろぼうし》さんがいつも持《も》っている、そのカバンの中には、なにが入っているんですか？』

『だいじなものがいろいろとね。不威峠《ふいとうげ》にあたらしくまく種《たね》なんかもだよ。山の春は、この雪のずっとずっと下のほうの深《ふか》いところで、もうはじまっているんだ』

そんなことばをぼくにのこして、黒帽子さんは小さなつむじ風になって、帰っていった。

あの猛吹雪《もうふぶき》は、そこにいた人たちみんなに、山にたいするおそれをいだかせた。あまりにも雪がつもりすぎたために、リフトが動《うご》かなくなってしまい、スキー場は、その間、営業休止《えいぎょうきゅうし》となった。

おばあちゃんは、こんなに大雪がふったことは、いままでなかったという。

それからしばらくして、永島《ながしま》のおじさんはおばさんと相談《そうだん》してスノーラビットを売ってしまったと、ぼくは昌也《まさや》くんから聞いた。

となりにある自宅《じたく》の一階《かい》で、手づくりパンの店をはじめるらしい。喫茶《きっさ》コーナーもあるそうだ。いまはそれにむけて、準備中《じゅんびちゅう》だった。

おじさんは、なぜかあれ以来《いらい》、小里《こざと》を「雪女の里」にしたいだとか、不威峠の開発《かいはつ》のこととかもいわなくなった。

おとうさんによれば、借金《しゃっきん》のことでなにかトラブルがあったけれど、それがかたづいたからだそうだ。そのきっかけになったのが、スノーフェスティバルの大雪だったらしい。

あの、こわいおじさんたちは、もう来ないんだ。そう思うと、ぼくは心のそこからホッとした。

雪もとけてきて、春になったある日、ぼくは、クラスのみんなやつぐみ先生といっしょに、横山《よこやま》先生の赤ちゃんを見にいった。

横山先生は、女の赤ちゃんに『つぐみ』と名づけたといった。つぐみ先生みたいになってほしいからだそうだ。

ほかの子どもたちとわかれ、二人きりになると、つぐみ先生はいった。

「圭太《けいた》くん、いろいろとありがとう。そろそろおわかれだね」

もうすぐ横山先生のお休みがあける。

「つぐみ先生、人の世界《せかい》って、やっぱりいいものだとは思えなかった？」

「そう思えないところもあったけど、みんなに会えたことは、ほんとによかったと思ってる」

先生は、ぼくを見ながら、つづけた。

「目には見えなくても、わたしたちは、これからもずっと人のそばで見まもっているからね」

ぼくは先生の目を見つめかえして、うなずいた。

作者●西村さとみ（にしむら さとみ）
兵庫県生まれ。第51回毎日児童小説コンクール優秀賞、第22回福島正実記念SF童話賞佳作など。著書に『那木野、伝説の森で』（国土社）、共著に『おはなしの森1～4』（神戸新聞総合出版センター）ほか。日本児童文学者協会会員、日本児童文芸家協会会員、「花」「季節風」同人。

画家●ao（あお）
滋賀県在住のイラストレーター。書籍・教材・広告などの分野で幅広く活躍している。１枚の絵からストーリーが広がるような、彩り豊かな世界観が持ち味。装画・挿絵を手掛けた作品に『夕ぐれ時のふしぎ』『友だちの木』（いずれも国土社）、『二人と一匹の本格捜査ミステリー』シリーズ（文研出版）、『タイムカプセル☆ミラクル』（岩崎書店）などがある。

本作品は、第51回毎日児童小説コンクール優秀賞を受賞。毎日小学生新聞に、連載されたものを加筆・改稿・改題しました。

雪女とヒミツのやくそく

2024年11月20日　初版1刷印刷
2024年11月30日　初版1刷発行

作　者　西村さとみ
画　家　ao
装　幀　轟　由紀
発行所　株式会社　国土社
〒101-0062　東京都千代田区神田駿河台2-5
☎03(6272)6125　FAX03(6272)6126
URL　https://www.kokudosha.co.jp
印　刷　モリモト印刷株式会社
製　本　難波製本

落丁本・乱丁本はいつでもおとりかえいたします。
NDC913/128p/22cm　ISBN978-4-337-33666-7　C8391